落叶跳舞

伊东宽 文／图　蒲蒲兰 译

二十一世纪出版社
21st Century Publishing House

沙沙沙，起风了。

轻轻地，风停了。

我们是奇妙的

落叶呀。

静悄悄的冬日树林，

我们欢快地起舞，

悠悠地飞起来，

自在地滑下去，

转啊转，转圈圈，

慢慢地停下来。

冷冷寒风中，

我们热烈地跳舞，

忽——地飘向远方，

突然静止，

层层叠叠聚起来，

哗——地散开去。

乘着强劲的风，

冲上天空，

咯咯咯，笑着转起来，

笑嘻嘻，摇摇摆摆，

我们是奇妙的

落叶哟。

伊东宽（ITO, Hiroshi）

1957年生于日本东京都，早稻田大学教育系毕业。他在校期间，曾加入早大儿童文学研究会（该会以涌现出大批优秀儿童文学家而著名），结识了许多热爱儿童文学工作的志同道合者，在研究儿童读物的同时开始了创作。曾出版《鲁拉鲁先生的院子》（获绘本日本奖）、《云娃娃》（获日本绘本奖的读者奖）、《猴子的日子》、《猴子是猴子》（均获路旁石幼儿文学奖）、《变成猴子的日子》（被选为IBBY优秀作品）、《没关系，没关系》（获讲谈社出版文化奖的绘本奖）、《从下水道出来的朋友》（获儿童文艺新人奖）等多部作品，以诙谐幽默的风格和独特的造型深受读者的青睐。

版权合同登记号 14-2007-076

蒲蒲兰绘本馆 落叶跳舞
伊东宽 图／文 蒲蒲兰 译

责任编辑：杨文敏（美术） 熊 炽（文字）
出版发行：二十一世纪出版社（南昌市子安路75号）
出 版 人：张秋林
经　　销：新华书店
印　　制：鸿博昊天科技有限公司
版　　次：2007年10月第1版 2017年12月第20次印刷
开　　本：889mm×1194mm 1/16
印　　张：2
书　　号：ISBN 978-7-5391-3882-4-01
定　　价：29.80元